平気なふりをしている心へ

そらの瑠璃色

GENTOSHA
幻冬舎MC

まえがき

子供と大人がそれぞれに成長してゆく中、心を確かめ合う時に、この物語と詩が側《そば》にあると幸いです。

数年間、小学校で読み聞かせをする機会を頂いていました。私の声に一生懸命耳を傾け曇《くも》りのない瞳《ひとみ》で見つめてくれた子供達のことが今でも忘れられません。

子供の頃の私も、こんな澄んだ瞳をしていたのかな、なんて思っていました。そして、時が経《た》って、今、思うのです。あの頃の子供達の曇りのない瞳が、大人になってゆく途中《とちゅう》で、閉じられてしまっても、瞳の奥に大切に隠《かく》された心が、無きものにされませんように。隠された心が、その子を導いてゆく光となりますように。

純真無垢《じゅんしんむく》な子供、大人の途中、そして大人。
その心の奥に、何も言わずに、こっちを見つめている迷子がいるかもしれない。

読み聞かせの時間の中で、物語に耳を傾ける子供達と一緒に、私の中の迷子もその物語を聞いていました。読み聞かせていた私自身が、何より癒《いや》されていったのを覚えています。私の中の迷子は、子供達の溢《あふ》れんばかりの命が輝く心に救われたのです。この物語と詩は、そんな出会いに感謝を込めて書きました。

子供達、大人、そして、心の中の迷子に、この物語や詩が寄り添《そ》えたらいいなと思っています。

この先、どんなことがあっても、何処《どこ》からでも、再び、心の中の小さな迷子に出逢《あ》い、手を握《にぎ》り、その頼りない心でさえ、大切にしてゆくことができますように。
不安定なこの世の中を生きる糧《かて》が、温《ぬく》もりのあるものになりますように。
あの純真無垢な瞳に溢れていた子供達の心を、大人が守ってゆけますように。

平気なふりをして、強がっている心へ、届きますように。
祈《いの》りを込めて。

そらの瑠璃色

もくじ

第一章

キラキラの話

満月の夜、小さな女の子が立ちすくんでいます。

「どうしたの？」満月が聞きました。

「いつも怒《おこ》られてばっかり……」

「私は、上手にやってるあなたも、見たことがありますよ」

「ほんと？　でも……いつも、こう……」

そんな女の子に、満月が微笑《ほほえ》んで言います。

「先に進めない時は、休んでいいのですよ。泣いていいのですよ。しばらく休んだら、次に立ち上がる力が湧いてくるわ。大丈夫！」

キラキラと光る満月にそう言われると、女の子は本当に「大丈夫！」と思えてきました。


真夏の空の下、ちょっとだけ背が伸びた女の子は走り出します。

女の子は綺麗《きれい》なものが大好きで、キラキラしたものを見つけると、女の子の瞳もキラキラします。その瞳と夏の日射しのキラキラは溶《と》け合い、そこには幸せが光っていました。

そんなある日、女の子は海で、キラキラと光るガラスのカケラを見つけます。夏の光を反射して、それはとても綺麗でした。そのガラスのカケラを、女の子は拾って大切にすることにします。

家に帰ると、女の子はカケラを部屋の特別な箱に入れました。

女の子は、少しだけ大きくなりました。秋空の下、バス停に座ってお迎えのおばあちゃんを待っていると、キラキラの空と雲を見つけます。どこまでも続くキラキラだったから、なんだか、遠くの町まで一人でも行けるような気がして、思わず走り出します。

「大丈夫！」長い距離を、楽しく走りました。小鳥や虫や花も、キラキラです！

そしたら、いつの間にか家に着いていて、心配したお母さんには怒られましたが、おばあちゃんは「一人で帰ってきてすごいね」と褒《ほ》めてくれました。

おばあちゃんと女の子の間を、キラキラとした幸せの風が吹《ふ》き抜けてゆきました。

女の子は更《さら》に大きくなります。

学校で、お友達と一緒にキラキラの小石を見つけると、ワクワクしてその小石を隠し二人だけの秘密にしました。そんな瞬間は嬉《うれ》しくて、とても大切なものでした。

でも、女の子は一人ぼっちになることもありました。

そんな時、窓から見えた遠く広い夕焼けは、オレンジ色の大きなキラキラだったから、一人ぼっちでも、キラキラした世界はまだ何処かにあるはずだと信じることができました。


女の子はずいぶん大きくなり、大人の世界があることを知ります。

「大人の世界には、キラキラってあるのかな？」

怖くなることもありましたが、見上げると広がる空の眩《まぶ》しいくらいのキラキラが大好きで、生きてるって幸せと思うことができました。

新しい友達もできました。

友達も何処かにキラキラしたものを隠しているような気がして、女の子は、嬉しくなったり励まされたりしました。だから、キラキラって大人の世界にもきっとあるんだと信じることができたのです。


それでも、女の子が大人になってゆく途中、喜びよりも悲しみでいっぱいになる時が多くなっていきます。

女の子は、久しぶりに夜空を見上げます。

夜空に浮かぶお月様は細い細い消えそうな三日月で、急に悲しくなりました。

周りにたくさんの人が居ても、心細くて寂《さび》しくて消えそうな気持ちになっていました。

次の日も、窓辺へ行き夜空を見上げます。


真っ暗……どこまでも続くような暗闇《くらやみ》。

女の子は自分自身まで暗闇に消えてしまいそうで、怖くて、心細くて、ギュッと毛布にくるまります。ずっと暗闇が続きそうで、涙が出ました。

「また、動けなくなってしまった……」

呟《つぶや》きながら、女の子はそのまま長い時間、眠《ねむ》っていたようです。


小鳥の鳴き声とともに、眩しい朝日が女の子を起こします。

生まれたばかりの太陽は、女の子の体を温めました。

目を開けた女の子は、カーテンからの光を眺《なが》めていました。

そして、女の子は思い出したのです。

「あ！　箱にしまったまま忘れていたガラスのカケラ！」

女の子はとっさに起き上がり、押し入れの奥を必死に探してみます。

「あった!!」隅《すみ》っこから埃《ほこり》を被《かぶ》った小さな箱が出てきました。

「こんなに小さかったかな?」箱を開けると、キラキラのカケラが、あの頃と変わらない姿で居てくれました。


女の子は、まるで大切な自分の一部にもう一度出会えたような気がしました。

「ずっと私の側にあったのに……大切なキラキラを見えなくしていたのは私だったね……ごめんね」女の子は、小さな箱ごとキラキラのカケラをギュッと胸に抱きしめました。

そして、今までに出会ったたくさんのキラキラのことも思い出します。涙が溢れてきました。

その涙のキラキラとカケラのキラキラが、心の中で溶け合ってゆきます。なんだか大きな力が湧いてくるようでした。

「大丈夫!」小さな頃に、満月が言ってくれた言葉が蘇《よみがえ》ります。

女の子は部屋の扉《とびら》を大きく開けて外へ出ます。

「大丈夫!　探しに行こう!　これからのキラキラを!」

その日の夜は、ちょうど満月でした。

小さな頃に見ていたのと同じキラキラと光る満月。ずっと女の子を見ていた満月が教えてくれます。

「晴れの日でも、曇りの日でも、雨の日にだって、暗闇の途中にだって、キラキラはあるのですよ。それを見ようとする心と探そうとする心さえ失わなければね！」

女の子と満月は、キラキラとした光りの中で、微笑み合うことができました。

トゲトゲの話

まん丸の可愛らしい赤ちゃんが生まれました。ピンクで柔《やわ》らかで愛そのもの。

赤ちゃんは、まだ一人では生きられないから大声で泣きます。

「誰か気づいて抱っこしてくれる？　誰かが見てるけど通り過ぎて行ってしまったよ」ピンクの赤ちゃんは、もっと大声で泣きました。

「もう。うるさい子ねぇ。ハァ、本当はブルーの赤ちゃんが良かった……」面倒くさそうに抱っこされたピンクの赤ちゃん。その可愛らしい柔らかな体から一本の鋭《するど》いトゲが出ました。

自分の柔らかな体から鋭いトゲが出たので、びっくりして居心地が悪くて、すぐに泣いたり怒ったりするようになります。

「どうして、ずっとぐずってばかりなの!?」とりあえず泣き止むようにとミルクだけを与えられ、お腹いっぱいになって眠くなるピンクの赤ちゃん。

でも眠ってしまう瞬間に思うのです。

「ねぇ、待って。抱っこして横に居てくれたら、お利口にできるよ。ねぇ、待って……」

ムニャムニャ……ピンクの赤ちゃんの体から、また鋭いトゲが出ました。

とりあえずのミルクを与えられ一人で眠って一人きりで過ごす度に、トゲの数はどんどん増えていきます。

ピンクの赤ちゃんは、トゲトゲの子供に育ちます。トゲがあるせいで友達とも遊びづらいです。仲良くなって手を繋《つな》ごうとしたら、自分のトゲで友達を刺《さ》して傷つけてしまうのです。

「痛い！　何するの!?　もう来ないで！」友達は離れて行ってしまいました。

「ただもっと仲良くなりたかっただけなのに……」

みんなと仲良く遊べないから、トゲトゲのピンクは親や先生に怒られることが増えていきます。

「もういい！　誰も分かってくれない！」

悲しくて怒って、またたくさんのトゲが出てきました。

トゲトゲのピンクは大人になるにつれ、トゲだらけの仲間に囲まれて過ごすようになります。

お互《たが》いにトゲトゲ同士だったから、傷つけ合わないように触《ふ》れ合わない距離を保っていました。そのせいで、トゲの中に隠れているありのままのその子の部分までは、見ることも触れることもできません。だからでしょうか、トゲトゲのみんなは笑っていても心から楽しそうではなく、何かあるとすぐに怒っていました。

そんなある日、トゲトゲのピンクがいつもと違う道を通っていると道の向こう側《がわ》に、まん丸のブルーを見かけます。

「あれ？　トゲがない……トゲがない丸って初めて見た！」

ブルーの周りにはまん丸の友達がたくさんいて、楽しそうで、なんだか違う世界を見ているようでした。

トゲトゲのピンクの心はザワザワして苦しくて、そこから逃げ出してしまいます。

「今のは何《なん》だった？　楽しそうだったな。でも私には関係のない世界のこと……」ピンクはその日のことを忘れることにしました。

しばらく経ったある日、また道の向こう側のまん丸のブルーに出会います。

ピンクとブルーは道を挟《はさ》んでですが、よく話すようになり笑い合うこともありました。

そして、トゲトゲのピンクはこう思うようになったのです。

「何だか近頃、楽しいな。ずっとこんな日が続けばいいのに……」

そう思うと同時に、ピンクは怖くなります。

「仲良くなろうと近づいて、私のトゲで傷つけてしまったらどうしよう……きっとブルーもびっくりして、離れて行ってしまう。どうしよう……」ピンクは悩みます。悩みながら鏡で自分の姿を見てみました。

「トゲトゲだらけ……私だってブルーのようなまん丸が良かった……どうして私はこんなの？」

涙が出ました。ピンクはとても怖くなり外に出られなくなってしまいます。

ずっとピンクが出て来ないから、心配したブルーが訪ねてきて、ピンクを呼びます。ピンクは、ブルーの声を聞きながらまた思うのです。

「こんなトゲトゲの姿なら、いつか私のトゲでブルーを傷つけてしまう。どうしよう……」と。

ブルーは、毎日ピンクを呼びに訪ねてきました。何度も呼ぶブルーの声で辺りがいっぱいになったある日、ピンクは自分でトゲを折ろうと決心します。そして一本ずつ自分のトゲを折り始めました。

全部のトゲを折るには長い時間がかかりました。ピンクは恐《おそ》る恐る鏡をのぞき込みます。

「少しボコボコだけど、これでブルーを傷つけることはないよね……」

ピンクは久しぶりに外へ出て、ブルーに会いに行きます。ブルーは、ボコボコの丸になったピンクを見ると言いました。

「君のありのままの顔が、よく見える！」ブルーは、大切で可愛らしいものを見るような目をしていました。それから、二人は暖かな野原で一緒に転がって夢中で遊びました。

「あー楽しかったね。喉《のど》が渇《かわ》いたから川へ行こう！」

川へ着いた二人は、水面《みなも》に映る自分達を見て驚《おどろ》きます。

「色違いのそっくりなまん丸になってる!!」

ピンクは、確かめるように自分の体に触れてみます。柔らかで心地良いまん丸……そう、生まれた時と同じ自分に触れたのです。暖かな野原で夢中になって遊んだ時、ボコボコのピンクの体を草木が優しく削《けず》ってくれていたのです。

二人は、生まれた時と同じまん丸の姿で微笑み合うことができました。ありのままの命そのものの出会いです。

そんな出会いは、どこかで泣いているトゲの出た赤ちゃんや、トゲトゲになってしまった子を救う力になるかも知れません。

お互いに優しく暖かく寄り添えたなら、トゲトゲのピンクのように自分でトゲを折ることなく、ありのままを強い力に変えることもできるでしょう。

トゲトゲでもまん丸でも、どんな姿でも寄り添い合える世界を創ってゆくこともできるでしょう。

二人がそうできたように！

ボクはママのヒーロー

ボクは、ママを助けるために、宇宙からやって来た。宇宙からずっとママを見ていた。パパと嬉しそうに歩くママ。パパと結婚して幸せなママ。お姉ちゃんが生まれてバタバタと忙しくなったけど、なんだかすごく楽しそうだった。そんなママをボクは宇宙からずっと見ていたんだ。でも、ママは時々、一人ぼっちで泣く時があったよ。眠れない夜も過ごしていた。そんな時のママは、たくさん怒って、ハァとため息をつきながら涙を流すんだ。だから、ボクは心配になって、ママを助けるために宇宙から出動した。そして、ママのヒーローとして生まれてきたんだ！

最初《さいしょ》は――

「変身!!　赤ちゃんヒーローだっ!!」

オギャーと大泣きしながら生まれたぞ。ママはボクの大きな声を聞いてホッとした顔をしていた。それから、たくさんの人に「おめでとう！」とか「よくがんばったねえ！」とか言われて、すごく嬉しそうだった。ボクも嬉しかった。

二人になると、ママはボクをしげしげと見てボクのにおいまで嗅《か》いでくる。そんなママはとびっきりの笑顔が止まらなくなったぞ！

「よし!! 第一任務《にんむ》 完了！」

次は――

「変身!! ハイハイヒーローだ!!」

どんなところへもハイハイパワーでワープできる。ママはワープするボクを、「あらあら！」と言いながらバタバタと追いかけてくる。

「あ～！ 疲れる～」とか言っちゃってるけど、すごく楽しそうだ。もう、一人ぼっちで泣く暇《ひま》なんて無いぞ！

「よし!! 第二任務 完了！」

次は――

「変身!! ヨチヨチヒーローだ!!」

たくさんヨチヨチしてママと追いかけっこをする。ヨチヨチを失敗して頭をぶつけて大泣きする時には、ママをすごく心配させる。でも、これも作戦さ！ ママは、たんこぶ変身したボクを抱っこして、何度も何度も頭を撫《な》でる。

「大したことなくて本当に良かったわ〜」とホッとして言ったかと思うとボクと一緒にスヤスヤとお昼寝さ！

ママにはもう、ため息をついている暇なんて無い。ヨチヨチパワーを持つボクと一緒のママは夜も寝かしつけながら、ボクよりも先にぐっすりだ。その上、すごく幸せそうな寝顔をしているぞ！

「へへへ。身を投げうって、ママを助けてやったぜ！ もうママに眠れない夜なんて無い！ よし!! 第三任務　完了！」これでボクも安心して眠ることができる。

「みんなっ。オヤスミ〜」


次は——

「変身!! イヤイヤヒーローだ!!」

強そうだろう？ シュワーチと参上だ！ そしてボクはイヤイヤビームを出しまくる。

もちろんママは困る。でも、まだまだ足りないぞー。

「イヤイヤビーム!! トリャー!! ビビビー」イヤイヤビームをたくさんあびたママは困り果ててしまった。

「へへへ。ボクの作戦通りだ！」

ママはイヤイヤビームの相談をするため、たくさん外に出かけるようになった。そして、たくさんの人に出会って、気の合う友達もできた。一緒にお茶会なんかもしちゃって、グチとやらも話す。

「ママ友というやつだな！」みんな、グチりながらもすごく楽しそうじゃないか！

「イヤイヤビーム作戦、大成功だ！」

グチとやらを出し合った後は、みんな清々《すがすが》しい顔をしてケーキなんかほおばって、「また今度～」とごきげんにあいさつをする。そして、それぞれの家へと帰るんだ。ママもボクの手をギュッと握って一緒に、家へと歩き出す。

ふとママの顔を見上げるボク……

「な、な、なんて優しい笑顔なんだ！　すごいぞ。ボク！」

「よし!!　第四任務　完了!!　みんな、お疲れさま～」


次は――

「変身!!　小学生ヒーロー参上だ!!」

ボクは、大きすぎるランドセルをセット。顔をひきつらせながらも、強気にピースをして写真に写る。横にいるママも周りのみんなも、なんて晴れやかな笑顔なんだ！

「よし!!　あっという間に　第五任務　完了!!」


ボクは、ママのヒーローになるために、たくさんの技も身に付けた！

お手伝いヒーロー技。テストの点が悪くても笑っちゃえヒーロー技。たまに病気になって一緒にいてやるぜヒーロー技。

「へへへ！　ヒーロー技は、他にもいっぱい持っているんだ！」

そんなこんなの6年間なんて、あっという間。ママは6年間、笑ったり怒ったり心配したり……と、もりだくさんでバタバタの日々を過ごした。でも、かけがえのない日々だ！

「ママ!!　すっごくイイ顔になってるぜ！」


小学生ヒーローもそろそろ終わり、卒業式だ！　ママは、いつもよりきれいな洋服を着て、バッチリメイクをして、とびっきりの笑顔だ。

卒業式も無事に終わり、誇《ほこ》らし気にママを見て、ボクはびっくり！

「ママ……感動してたくさん涙が出たんだね。わかるよ、わかる！　ボクもすごく感動している。でもママ！　バッチリメイクが涙でくずれて、ママが変身しちゃってるぞ！」

ボクは、さり気なくハンカチを渡す。

「ありがとう～」とママがこっちを見た。

「最高の笑顔だ!!　よし!!　第六任務　完了!!」


こうして、次々と進化したボクは、中高生ヒーローとなった!

「ここでは、反抗期大作戦に出てやる!」

だから、たくさんケンカもするんだ。なんでかって言ったら……

「ママを強く進化させるためさ!」

そのために、ボクはいっぱい心配かけたり……わざと怒らせたり……たまに、心ない言葉で傷つけたりする……

そうやって、ボクが反抗パワーをアップさせる度に、ママも強いママにパワーアップして、どんどん進化していったんだ!

「よし!!　第七任務　完了!!」


こうして時は流れ……

最後にボクは、めでたく最強の進化形ヒーロー〝成人〟となった!!

「見てみろ。ボクより小さくなったママの何ともいえない嬉しそうな顔を！　よし!!　最終任務　完了だ!!」

……これから、どんな星で生きていこうかな〜。シュワーチ!!

「カンパーイ！　おめでとう！」ボクが生まれた時、ママが言われていたように、たくさんの人から「おめでとう！」を言われた。まんざらでもない！

ボクは、さらにパワーをチャージした。これからは自分の選んだ星で進化をとげていく。どんな進化形ニューヒーローになるか楽しみだ!!

「パパ！　ママを頼んだぞ！」とパパに言ったけど、きっともう、ママは最強だ！　なんてったって、ボクヒーローがママを助け、強くしたんだから！　パパが居ない時だって、きっとママは笑顔だ!!

「では、みんなまた会おう！　君達も、ママのヒーローってことを忘れるなよ!!」

さらばだ！　いざ、ボクの星へ。トオー!!

泉

はるか昔、湧き出ずる泉がありました。綺麗に澄んだ泉。恵まれた豊かな水源は当たり前のように続いていました。続くと思われていました。でも、ある日、泉は淀《よど》んでゆき、やがて闇のように不気味な色になります。

何が起きているのか……確かめることもできないまま時は過ぎ、泉はついに枯《か》れ果ててしまいます。それに合わせるようにして、世界も荒《すさ》んでゆきました。でも、そこに住む人々は世界がそして自分達が、乾き荒んでいることに気づきません。なぜなら、全てが枯れ果て荒んでいるということが、当たり前になっていたのだから……。

そんな世界では、争いが起こります。争いはどんどん大きくなり、争うことも当たり前になろうとしていました。

全ては乾き荒んでいたのです。

そんな荒野となってしまった世界を旅人が通りかかります。旅人は小さな女の子を連れていました。

喉が渇いていた旅人と女の子は、泉を探しています。やっとのことで辿《たど》り着いた場所は、もうずいぶん長いこと満たされていない、枯れ果てた泉。旅人は驚愕《きょうがく》し、この世界の不穏《ふおん》な空気を感じ取ります。

「このままでは、恐ろしいことが起こるだろう……」その小さな呟きを、女の子は聞き逃しませんでした。女の子は旅人の目を曇りのない瞳で見つめながら聞きます。

「どうしたらいいの？　私に何か、できることはない？」

……沈黙の後、旅人は重たい声で言いました。

「こんなにも枯れ果てた泉をもう一度活《い》かすためには……生贄《いけにえ》を捧《ささ》げるしかない……心ある生贄を差し出し、強い想いを神様に伝えるしか……」小さな女の子は、再び目の前に広がる枯れ果てた泉を見つめます。

「泉さん……かわいそう……」そして「私が、生贄になる……」と言うのでした。

旅人は愕《おどろ》きましたが、この子らしい……とも思ったのです。だから旅人は小さな女の子の想いを尊重しました。女の子はたくさんの涙を流した後、この枯れ果て荒んでしまった世界から姿を消します。

それと同じくして、乾き荒んでいた泉は息を吹き返してゆきました。

湧き出ずる泉の水。なんと透明《とうめい》なことでしょう！　その透明な水には、女の子の心が宿っていました。生きた証《あかし》の泉です。

これから、その泉は決して枯れることはないでしょう。なぜなら……泉の水を飲んだ世界の人々も、それぞれに思い出せたから……。心にある湧き出ずる泉の存在を。

心に正直に生きようとする時、湧き出ずる泉。それぞれの心を活き返らせる透明な水。

あの小さな女の子の心から繋がっている泉。

自分達の心にも、その存在があったということを思い出せた世界の人々は、心を通わせながら生きています。祈りながら力強く生きています。この世界の透明な泉を守るために。

あの小さな女の子のような澄んだ心を、今度は守ることができるようにと。

ボク、見てきたよ

ある街に小さなボクが住んでいました。ボクは冒険が大好きです。

「何か、面白いことはないかなぁ～」毎日、ワクワクしながら朝の支度をします。準備が済むと、小さなボクは冒険へと出かけます。その日の気分に合わせた歌を口ずさみながら。

元気に歩いていると、近所の人が輪になっていました。ボクは知っている人だと思い、

「おはようございます！」と、元気にあいさつをします。

「あら、ボク。朝からお出かけ？　いいわね～」

「ありがとう。いってきます！」ボクが出発しようとすると、

「ねぇ、ボク。向こうに見える青い屋根の家の男の子、知ってる？　あの子、乱暴なんでしょ。誰だったか言ってたのよ～」すると、輪の中の人達が「まぁ！　そうなの。嫌《いや》だわ。怖いわねぇ～」と口を揃《そろ》えて言いました。

ボクは、なんだかどんよりとした気分になりました。そんな気持ちで歩くボクは、ふっと思います。

「よし。ボク、ちゃんと見てこよう！」

しばらく歩くと、青い屋根の家に到着です。

「きれいな庭だなぁ～」ボクが見惚《と》れていると、家の中からあの男の子が出てきました。小さなボクは、少しドキッとしましたが、「おはよ。何をしているの？」笑顔で男の子に話しかけてみます。

男の子は、チラッとこちらを見て、「おはよ～」と小さな声で言いました。そして庭の花に水をあげ始めます。

「朝から偉《えら》いな～」ボクが憧《あこが》れの眼差《まなざ》しで見ていると、ガラガラとドアが開き、お父さんがやってきました。

「早く学校へ行くんだ！　この、のろま！」びっくりする言葉でしたが、男の子は慣れた様子で家の中に戻ろうとしています。その時、お父さんがゴツンと男の子の頭を叩《たた》きました。

小さなボクは、びっくりしました。そして、男の子が乱暴になってしまう理由が分かる気がしたのです。

乱暴な子と噂《うわさ》されていた男の子は、本当は花のことを大切に思うことのできる優しい子でした。花に毎日水をあげることのできるしっかりとした子でした。

それなのに、のろま！と頭ごなしに言われ叩かれる男の子。悔しい気持ち、悲しい気持ちを、心の中に隠し持っていたに違いありません。男の子はそんな気持ちを分かって欲しくて、乱暴になっていたのです。はじめから乱暴になりたかったわけではないのです。小さなボクは家に入ろうとする男の子に向かって、

「お兄ちゃん、すごい！　今度、水やりを教えてー」と叫びました。

男の子は小さく頷《うなず》いてくれました。

小さなボクは、たくさんの冒険の中でたくさんの噂話も耳にしました。その度に、「ちゃんと見てくる！」と決めました。自分の目で見ると、その人の本当が見えるような気がしていたからです。

乱暴な子という噂の裏には、理解されずに悲しいという気持ちがあったり、

悪戯《いたずら》っ子という噂の裏には、もっと大切にしてほしいという寂しい気持ちがあったり、

暗い子という噂の裏には、何度も傷ついていて、信じる事が怖いという気持ちがあったりすることを知りました。

小さなボクが自分の目で見に行かなければ、噂のまま人を決めつける大人になっていたでしょう。でも、たくさんの冒険の中で小さなボクは、噂は本当でないことが多いという発見をしました。

小さなボクが大人になったボクに聞きます。

「ねぇ。君は噂だけで人のことを決めつけるの？」大きなボクは小さなボクに約束します。

「ボクも、君がしてきたように自分の目でちゃんと見てくるよ。噂だけで人を決めつけたりはしないよ！」

小さなボクと大きなボクは心の中で声を合わせて言いました。

「ボク達、ちゃ～んと見てくるよ！」

弱虫ふうせん

ぼくは〝弱虫ふうせん〟を持っている。それもたくさん！　〝弱虫ふうせん〟って何だかわかる？　ふくらまないんだ！　フーッて力を込めて吹いてもふくらまない。ふくらますことができない！　今まで1つも。だから、ぼくが〝弱虫ふうせん〟って名前を付けたんだ。〝弱虫ふうせん〟は、ポケットにもバッグにも机にもベッドにも溢れている。そんな〝弱虫ふうせん〟を見る度に、ぼくは、ぼくのことも〝弱虫〟って思うんだ。

友達は、ふくらんだ大きなふうせんを投げ合って楽しそうに遊んでいる。ぼくも一緒に遊びたくて、ポケットの中の〝弱虫ふうせん〟を一つ取ってふくらませようとする。フーフーッて！　早く友達と一緒に遊びたいから力いっぱいにフーフーッて！　でも、ふくらますことができなかった。ぼくは恥ずかしくて〝弱虫ふうせん〟をポケットにそっと隠して家に帰った。〝弱虫ふうせん〟でいっぱいの家にね……。

ある日、小さな子が泣いていた。

「どうして泣いているの？」よく見ると高い木の枝に赤いふうせんがひっかかっていた。

小さな子は、ふうせんのひもを離してしまったんだ！　ママに買ってもらったフワフワ浮かぶ赤いふうせんが手の届かないところにいってしまったから、悲しくて泣いているんだね。

「わかったよ！　待ってて！」ぼくは家に走って行き、〝弱虫ふうせん〟の赤色を見つけギュッと握ると、泣いている小さな子のところへ戻った。

「エーン！　エーン！」小さな子は枝にひっかかったままのふうせんを指さして、大声で泣いていた。

「もう大丈夫だよ！　ほら！　赤いふうせん!!」小さな子はキョトンとしてぼくを見た。そしてまた「ワァーン！」と悲しそうに泣く。

「あ!!　ごめん、ごめん！　ふくらんでないもんね。待っててよ、待っててよ……」ぼくは、ふくらますことができるのか……不安だったけれど、泣いている小さな子を見るとやるしかなかった！　思いきって、フーッ！と。一心に夢中になって〝弱虫ふうせん〟に息を吹き込んだ。

「あ！　ふくらんだ!!　ほらほら！」

フー、フー、さらに夢中でふくらませ、しぼまないようにしっかりギュッと結んだ！

〝弱虫ふうせん〟は大きく大きくふくらんでいた。

「はい！　これあげるから、もう泣かなくてもいいよ！」ぼくは小さな子にふくらんだふうせんを渡すことができたんだ！　小さな子は「ありがとう」とニッコリ笑うと、ママのところへ戻って行った。ぼくは〝弱虫ふうせん〟がふくらんだことにびっくりしながら、とても嬉しかった！　そして今まで知らなかった力が湧いてくるのを感じた。

ぼくには、小さい頃にたくさんお世話をしてくれた大切なおばあちゃんがいる。おばあちゃんは花が大好きで、花を探しによく一緒にでかけた。

優しいおばあちゃん。でも今、おばあちゃんは病院のベッドで寝ている。お見舞いに行くと、ぼくの名前を呼んでニッコリと笑ってくれる。そんなおばあちゃんのお見舞いからの帰り道は、いつも悲しくて涙が出る。だって、大切なおばあちゃんとのお別れが、もうすぐやってくるのだから……

おばあちゃんは、どんな時も優しかった。たくさん一緒に話をしたし、たくさん一緒に笑った。

ぼくが何かを怖がる時には、すぐに手をギュッと握ってくれた。他にも言いつくせない思い出がたくさんあるのに……イヤだ！　イヤだ!!

「泣いている場合じゃない！　ぼくがこれから、おばあちゃんにしてあげられることって……何!?」

「そうだ!!　ぼくは、おばあちゃんを最後の最後まで、笑顔にする!!」急いで家に帰り、部屋の中を見渡してみた。

「何か……おばあちゃんを幸せな笑顔にしてあげられるものは？」……たくさん散らばったままの〝弱虫ふうせん〟が目に飛び込んできた。ぼくは今までほうっておいた〝弱虫ふうせん〟を拾い上げる。〝弱虫ふうせん〟を見ると、ぼくは自分を弱虫って思う。でも……

「弱虫のぼくのままでおばあちゃんとお別れするなんて……イヤだ！　強くなって、おばあちゃんを最後まで、幸せいっぱいの笑顔にするんだ!!」

フーッ！

ぼくは夢中で〝弱虫ふうせん〟をふくらませた。伝えきれない位たくさんあるおばあちゃんへの〝ありがとう〟の気持ちを込めて精一杯の力で！

「全部、ふくらめ!!　〝弱虫ふうせん〟!!」……気がつくと、ぼくの部屋は色とりどりの大きくふくらんだふうせんでいっぱいになっていた！

「ぼくはもう弱虫なんかじゃない!!　こんなにたくさんの〝弱虫ふうせん〟をふくらませ

ることができた！」もう弱虫じゃなくなったぼくは、これから大切な人の力になれるように強くなる！

「ねえ。おばあちゃん、待っててね！」

次の日、ぼくは、色とりどりのふうせんを花束にして、おばあちゃんの病室へと向かった。

「ほら、おばあちゃん！　ふうせんの花束だよ」おばあちゃんが、ニッコリと笑う。

「きれいだねぇ。昔、一緒に見たお花畑を思い出すねぇ。ありがとう～」

また別の日には、青いふうせんで花束を作って病室へと向かった。

「うわ。きれいな青色だこと。昔、一緒に見た空を思い出すね。ありがとう～」おばあちゃんはニッコリ笑い、懐《なつ》かしい歌を口ずさんでいたよ。

ぼくは、ふくらますことができるようになった〝弱虫ふうせん〟をいろいろな形にしておばあちゃんに届けた。おばあちゃんは、その度に笑顔になった。優しい幸せそうな笑顔だった。そして、ぼくもおばあちゃんも、最後のお別れの時まで、幸せな温もりに包まれているようだった。

それはきっとおばあちゃんが、ぼくにくれた温もり。ぼくに教えてくれた優しさ。おばあちゃんが、小さい頃からぼくにくれていた、たくさんの温もりや優しさは、ぼくの力になったんだ！　これからもずっと、ぼくを支えてくれる力だ！

「おばあちゃん！　ありがとう!!」

ぼくは外へ出て、ポケットに一つだけ残っていた〝弱虫ふうせん〟を大きく大きくふくらませ、空へと投げた！

風に乗って飛んでいくふうせんに光が反射して、空が笑ったような気がしたよ！

おばあちゃんが、空からニッコリと笑ったような気がしたよ!!

こわれもの修理屋さん

朝日の生まれてくるところ、そこに一番近い丘の上に、こわれもの修理屋さんが住んでいました。とても高い丘の上に建つ家だったので、村の人は本当に自分では修理できないものだけを持って、たまにその丘を登って行くのでした。こわれもの修理屋さんは、どんなものでも修理してくれると有名でしたので遠くからでもこわれものを持った人が訪ねて来ます。お店は、朝日とともに開き、星や月が現れる頃に静かに閉まります。修理屋さんは朝日の中でぐーんと伸びをして働き始め、星や月が現れると屋根裏部屋へ行き星空を眺めながら眠るのです。そして、雨の日だけお店を閉めることにしています。今日も朝日が光り出す頃、トントントン。誰か、やって来ました。

「はいはい。お入り下さいな」今日のお客様は、女の子の手をひいたおばあさんでした。

「これ、修理できるかねぇ?」おばあさんが聞きます。女の子がそーっと袋から出したのはドールハウスです。ドールハウスは、屋根と階段とお人形の手がこわれていました。修理屋さんは、どうしてこわれたのかは聞かず、ドールハウスをしばらくジーッと見つめます。

「どれどれ。なるほど。大丈夫！　すぐに直るだろう」そう言うと、修理屋さんはこわれものを女の子から受け取り、奥の小部屋へと入って行きました。

女の子とおばあさんは、目の前の座り心地の良さそうなソファに座って待つことにします。小部屋からは、コツコツコツ　ウィーンウィーン　ペタペタ　コンコンという音がくり返し聞こえてきます。その心地の良い音に女の子もおばあさんもウトウトし始めた頃、小部屋の扉がギィーとゆっくり開いて「よっこいしょ」と言いながら、ドールハウスをかかえた修理屋さんが出てきました。

「はいどうぞ。これでどうでしょうかな？」と女の子に手渡しします。女の子の表情がパァーッと明るくなりました。おばあさんが言います。「まあ！　こんなにきれいにして下さるなんて！　ありがとうございます。さてさて、お代はおいくらになりますかね？」

修理屋さんは、ニコニコとした笑顔の女の子を優しい目で見つめながら言います。「お代？　お代なんぞはいらんよ。この子の笑顔で十分さ。さぁ、暗くならんうちに丘を下りなさい。どうぞお気をつけてな」

次の日、太陽が店の真上にきた頃、誰かがやって来たようです。トントントン。

「はいはい。どうぞお入り下さいな」ドアを開けたのは、大きなリュックを背おった男の子でした。

「一人で来たのかい？　そんな大きなリュックで、がんばって登って来たなぁ～」男の子は、誇らし気にコクンとうなずいてから言います。

「こわれもの、たくさん溜《た》めてたんだ！　全部ミニカーだよ！」

「おーそうかい。ミニカーが好きなんだな。ちょっと時間がかかるかも知れんから、ソファでゆっくりしておくといい」修理屋さんは、大きなリュックを受け取ると小部屋へと入って行きました。男の子は、ソファにゆったりと座ってみます。ソファが疲れた体を包み込みます。抱っこされているようで、男の子はホッとして眠ってしまいました。奥の部屋からは、トントン　ウィーンウィーンという音。どの位の時間が経ったのでしょうか
……

「ぼうや、ぼうや。起きられるかい？」

「う～ん」ぐっすり眠っていた男の子が目を覚ますと、「さあ。ミニカーの修理が終わったぞ。足りないパーツは、木で作ってみた」「ウァ！　木のパーツ、すごくかっこいい！　修理屋さん、どうもありがとう！」男の子は、ポケットに手をゴソゴソと入れコインを出しました。「ぼく、これだけしか持っていないんだけど……修理代、足りますか？」

「おっと！　言い忘れていたよ。修理代なんぞはいらんよ。そのコインは何かのために大

事にとっておくといい」男の子は「えーでも～」と言いましたが、修理屋さんはその背中を優しく押しながら言います。

「ほれ。お母さんが心配しとるかも知れんぞ。暗くならんうちに丘を下りなさい」

二人は外へと出ました。「また遊びにおいで」修理屋さんが声をかけると、男の子は、笑顔で手を振りました。見上げると、うっすらとした月。修理屋さんは、お気に入りの食事を済ませ、足取り軽く屋根裏部屋へと戻ってゆきます。今夜もきれいな星空が広がっていました。修理屋さんは、どこまでも広がる宇宙へと想いを馳《は》せながら眠りにつきます。


ある日、夕焼けが広がってくる頃、トンと一回だけドアを叩く音がしたような気がしました。「おぉ？　もうすぐ店じまいの時間だが……気のせいか？」そう言いながらドアを開けてみます。するとそこには、少女が立っていました。足元を見ると、はだしです。修理屋さんは、少女がとっさに家を飛び出して来たんだと思いました。いつもなら店を閉める時間でしたが、少女の様子を見ると、閉めることなどできません。

「どうぞ。お入りなさい。どうしたんかね？　あなたのこわれものは、よほど早く修理せんといけんものじゃろ？　さぁ、見せて下さいな」少女は何も言わず、困った顔をしています……少女はこわれものなど一つも持って来てはいなかったのです。

静かな時間が続いた後、修理屋さんがゆっくりと話しかけます。

「まぁ。せっかく来たんだから、ひとまずソファへどうぞ。ちょうどお茶を飲もうと思っていたので一緒にひと息入れましょう」修理屋さんは奥へと行き、お茶の準備をしながら、少女のこわれものは何だろうと考えていました。

「お茶が入りましたよ。さぁ、どうぞ」温かいお茶を出すと少女は両手でカップを持ち、まるで自分自身を温めるように、ひと口ずつゆっくりと飲みました。

「温かくておいしい。修理屋さん、ありがとう」と言った少女の目からは、大粒《おおつぶ》の涙がポロポロとこぼれ出しました。今まで、どれ程の涙をがまんしていたのだろうかとびっくりするくらいポロポロと。

「何か……あったのかな?」修理屋さんが声をかけると、少女は苦しそうに話し始めます。

「私……お母さんが一番大切にしていた花びんを、わざと割って……家をとび出してきたの……」

バラバラに割れてしまった花びんと同じように、少女の心もバラバラにこわれてしまったのだということが、手に取るように伝わってきました。少女はお母さんの言う通りにやってきたけれど苦しくなって、とっさに花びんを割って飛び出して来たということを話してくれました。

「……あなたのこわれものは、心だったのですね……」修理屋さんのその言葉に、少女はハッとして顔を上げます。

「今まできつかったですね。でも大丈夫ですよ。こわれたものは修理できるのだから。バラバラになったものでも組み合わせたり形を変えたりして、修理ができるんですよ。だから、あなたの心も大丈夫です！」

「どうしたらいいの？」少女は、修理屋さんを見つめました。

「そうだなぁ。ちょっと来てごらん」修理屋さんは少女を屋根裏部屋へと案内しました。大きな天窓から大きく広がる星空が見えます。

「すごくきれい！」涙目の少女が見上げると、夜空に浮かぶ一つ一つの星がそれぞれに美しく輝いていました。

「人間もこんなもんかもなぁ。結局は一人で光らんといかん……これからは、あなたらしい光を見つけていくといい。あの星たちのようになあ」修理屋さんが少女を見ると少女は、うなずきながらニッコリと微笑んでいました。少女の笑顔にホッとした修理屋さん。

「さぁ。これからですよ！　あなたのバラバラになった心を修理できるのは、あなたです！　というわけで、私にも修理できないものがあったということですなぁ。ハハハ～」

修理屋さんの大きな笑い声につられて、少女も久しぶりに大声で笑いました。そして二人は、光を放つ星空を見上げながら大きくのびをしました。少女は、すごく大切なものをもらったような気がしています。それは心を修理するための見えない道具。

「ありがとう！　修理屋さん。私、やってみるから！」少女のハツラツとした声が夜に響《ひび》きました。少女は修理屋さんに手をふると、星や月が明るく照らす丘を下って行きます。その背中は、来た時とは違う凛《りん》とした背中でした。勇気をもらった背中でした。

修理屋さんは、今夜もいつものように、星空に包まれながら眠りにつきます。ここを訪れた人達の笑顔とこれから出逢う笑顔を思い浮かべながら……。

さて。明日は、どんなこわれものをかかえたお客様が、訪れるのでしょうか。

日向《ひなた》の花と日陰《ひかげ》の雑草

大きなお屋敷の広い庭。太陽の光が豊かに降り注ぐ日向と、太陽の光が届くことのない日陰がありました。

春の日、その庭の日向に、小さくとも力強い濃い緑の若葉が芽を出します。人々は「よく芽を出してくれた！」と言いながら、芽吹いた若葉を賞賛《しょうさん》します。若葉は嬉しそうに揺《ゆ》れました。同じ頃、その庭の日陰に、小さくてひょろひょろの薄緑の新芽が芽吹きます。でも、そのことに気づく人は一人もいません。ただ、小鳥たちがその誕生に気づき喜び鳴き合いました。日陰の新芽もその鳴き声を感じて、嬉しそうに揺れたのでした。

日向でも日陰でも、芽は葉となり、それぞれに成長してゆきます。

夏の日、太陽がジリジリと大地に照りつけてきます。

そんな暑さの中、日向では、葉のあいだから花が咲きました。日向の花を心配した人々は、花の周りを日よけで囲み涼しく風の通る陰を作ります。そして、夕方になると「今日も暑くて大変だったなあ」と語りかけ、花が十分に満たされるまで水を与えるのでした。そのおかげで、日向の花はうだるような暑さの中でも十分に潤《うるお》っていました。

それと同じ頃、日陰では、花を付けない雑草が蒸すような暑さに包まれています。根を張る土は固く干上がり、水を吸い上げることもできません。だんだんと雑草の体は小さくなり大地に寝そべるように倒れてしまいます。空では、小鳥たちがその様子を見て、誰かに気づいてもらおうと、甲高い声でピーピーピーと鳴き続けます。でも誰も気づく事はありませんでした。日陰の雑草にも、小鳥の鳴き声は届きましたが、空を見上げる力さえ失ってしまい、ただ大地に横たわっているのでした。

そんな夏の日の夕暮れ。夕立がやってきます。あっという間に黒い雲に覆《おお》われ、大きな音とともに大粒の雨がザーザーと降ってきます。日向の花は立派な日よけの屋根があるので、つたって入ってくる優しい雨粒を全身に浴びて、熱のこもった体を冷やすことができました。一方、大地に倒れてしまった日陰の雑草には、激しいままの大粒の雨が、体を打つように降ってきます。とても痛そうです。しかし、雑草はその雨粒に肩を叩かれ呼び戻されたような気がして、恵みの雨水をゴクリゴクリと体中から吸い込みます。「なんておいしいんだ！　ありがとう。助けられたよ」雑草は雨粒にそう言いながら、身を委《ゆだ》ねるのでした。守られて生きていることを感じながら……。

雨がやんだ空では小鳥たちも嬉しそうに鳴き、日陰の雑草にエールを送りました。

そんな暑かった夏も終わり秋がやってきます。少し冷たくなった風が日向と日陰を通り抜け、庭にある大きな木の葉をたくさん落としてゆきます。日向の花も、日陰の雑草も、たくさんの落ち葉に埋《う》もれてしまいました。日向では、いち早くその様子に気づいた人々が、積もった落ち葉をきれいに片付けてくれます。花は全身で秋のすがすがしい空気を吸い込むことができるので、嬉しそうに輝くのでした。同じ頃、日陰の雑草は、降り積もった落ち葉の下です。落ち葉の下は暗く、朝なのか昼なのか夜なのかさえよく分かりません。だから、耳を研ぎ澄まして音を聴きます。すると、小さな音ですがカサカサと何かが動いているようです。「誰だろう？」すると、雑草の体をくすぐるように虫たちが寄ってきました。

「ねぇ、暗くて怖いと思わない?!　一緒に居てもいいかなぁ？」雑草と虫たちは暗闇の中、寄り添い合うことにします。

「なんて暖かいんだ！　一緒に居てくれてありがとう」雑草が言うと、「君達こそ居てくれてありがとう！　君達のおかげで暗闇も怖くない。一緒にいると暖かいね！」

虫たちも言いました。そして一緒に笑い合い、暗闇の中でも、とても温もりのある時間を過ごすことができました。

季節は巡《めぐ》り北風とともに冬がやってきます。空気は氷のように冷たく、あらゆるものを冷やしてゆきます。日向にも、冷たい北風がやってきました。そのことを知った人々は、日向の花を覆うようにビニールハウスを作り寒さから守ってあげました。一方、日陰の雑草は、冷たい北風に耐《た》えています。しかし、太陽の光の届かない暗く寒い日陰には人々も集まって来ず、遊びに来ていた小鳥たちも姿を見せなくなってしまいました。一緒に寄り添い温め合った虫たちも、今では冬眠で土の中です。日陰の雑草は、くじけそうでした。

「どうして、こんな目にあうんだ……日陰に生まれたというだけで……こんなの不公平だ！」日陰の雑草の心は暗く冷たくなり、外の世界を見ようとすることも希望を持つことも止《や》めてしまいます。そして、心の中で呟くのです。

「どうせ顔を上げて、外の世界を見たところで、太陽の光に照らされた日向の暖かそうな世界が、目につくだけさ。そしてまた羨《うらや》んで落ち込むだけさ……」日陰の雑草は、自ら大地にうなだれてしまいます。朝になっても明るい太陽を探そうともせず、昼になっても光に背を向け、夜になると寒さに凍《こご》え「どうせ何も変わりはしないさ……」と呟くのでした。寒くて暗い冬にも、見上げれば月や星が輝いているのに……。日陰の雑草は、光を探すことを諦《あきら》めてしまいました。

日陰の雑草が希望を失っていた頃、日向の花は、寒々とした冬景色を眺めながら温室の中で春を待っています。冷たい北風から守られていましたが、寒空の下、日陰でがんばっている雑草に憧れてもいました。憧れられていることなんて知るはずもない日陰の雑草は、北風の中でうなだれたまま、小さな声で呟くのです。「日向の花のように大切に育《はぐく》まれ守られた世界で華《はな》やかに生きてみたかった……」日陰の雑草は、やがて来るであろう春のことも忘れてしまったようです。

そんな厳しい冬が過ぎ、強く強く風が吹く日がありました。その強い風は、日向の花の温室の屋根を吹き飛ばし、日陰の雑草を何度も地面へと叩きつけ去っていきます。春一番の風です。春がやってくることを知らせる強い風です。でも、後に残されたのは、傷ついてしまった花々。そして、さらに弱ってしまった雑草たち。両者とも生きているのか死んでいるのかさえわからないボロボロの姿。そんな姿になってはじめて、日向の花と日陰の雑草は、素直に語り合います。

日陰の雑草が言います。

「太陽の光の中、大切に育まれ華やかに咲く君達に、いつも憧れていたんだ。君達の姿はとても美しく、羨《うらや》ましいことだらけさ……自分達とは、生まれも住む世界も全く違う。到底《とうてい》、君たちのようにはなれやしないと言い聞かせてきた……今度、生まれ変わるのなら……君達のような日向の花として生まれたい……そう心から思うんだ……」

そんなことを言う雑草たちに届くように、大きな声で、日向の花が言います。

「私達、いつも不安だった。いつも誰かに世話をしてもらい、何不自由なく生きてきたけれど……世話をしてくれる人が、居なくなってしまったら……私達は、どうなるの？　自分の力で生きてゆけるのか……不安だった。そんな時、いつも君達の姿に励まされ憧れていたんだ……たくさんの困難がある日陰で、君達はすごく逞《たくま》しく生きていたから。どうしたら、そんな風にできるのか、教えて欲しかった。……不安な日には、君達の世界に遊びに行けたならどんなに心強いだろうと思っていた。でも、そんな望みなんて……すぐ忘れてしまおうと思ったよ。だって、私達はいつだって、囲われた世界に居たのだから……」

日向の花と日陰の雑草は、お互いの想いを、やっと知ることができました。

どれくらいの時間が流れたのでしょうか……。

ピーピー。大きな鳴き声をあげて小鳥達が空へと戻ってきました。小鳥達は、日向の花と日陰の雑草の頭上を、グルグルと旋回《せんかい》しながら飛んでいます。

ピーピー。日向の花と日陰の雑草が、その大きな鳴き声の方を見上げると、空を自由に飛ぶ小鳥たちが言いました。

「繋がっているよ！　繋がっているんだ！　君達に境目なんて無い！　君達は一つの美しい庭だよ！　信じないのかい?!　空からは、それがよく見えるんだ。君達は、小さな芽だった頃から一つだった！

この大きなお屋敷のご自慢の一つの庭なんだ！　みんな、この日向と日陰のある庭が大好きさ！

空から全てを見ていたから本当だよ。君達がお互いに羨ましいと思い憧れていた世界は、どちらも君達だ！　日向と日陰で創り出した世界が君達自身なんだよ！

君達は一つの素敵な庭なんだ！」

小鳥達が話し終えると、暖かな風が、日向の花と日陰の雑草の背中を、そっと起こしてくれました。

「ありがとう！」　「ありがとう！」

一つの庭から、喜びに満ちた、二つの声が聞こえてきます。

小鳥達は、今までで一番幸せそうに、大空を飛びました。

日向と日陰のある美しい一つの庭を愛《め》でながら。

第二章

Safety blanket　－居場所－

例えば　君が
悩み　苦しみ　弱っている時

誰かが　そっと　君の背中に
暖かな毛布を　優しく　掛《か》けてくれたなら

きっと　君は　その温もりで
もう一度　立ち上がることができる
そうやって　君が踏み出せた一歩は
新しい君へと　続いている

そんな　君の　勇気ある一歩で　届く
居場所に　なりたい

君が　安心して　暖かな毛布に　くるまり
ありのままで　居られる
そんな　居場所に　なりたい

理不尽な力によって　消えてゆく
夢　とか　命
その夢は　君の大切な夢だったかもしれない
その命は　君の大切な人だったかもしれない

君は私で　私は君
悲しい　夢とか命
見て見ぬふり　なんて　できない

だから
みんなで　暖かな毛布　持ち寄って
泣いている　あの子の背中に

優しく　そっと　掛けよう
心の中心まで　しっかりと　温まるように
凍える度に　何度でも

私達が　持ちたいものは
人を　傷つけるようなものではなく
どこまでも
暖かく　優しく　包む　毛布のようなもの

Safety　blanket
そんな暖かな居場所を　創るよ
もし君が　今　孤独《こどく》と一緒なら
ここに　おいで　待っているから

盾《たて》と剣《つるぎ》

継《つ》ぎはぎだらけの　過去を捨てて
未来を　見ようとするなら
どうか
こんなボロボロの私にも
力があることを　教えて下さい

消したつもりの　過去は
今に　まとわりつくけれど
どうか
立ち向かうための　力を下さい

もらえなかった愛を　与えられるだけの
強さが　欲しいのです

ボロボロ　傷だらけ　それでも
覚悟《かくご》を決めて　顔を上げたなら
光へと向かう　勇気を下さい

覚悟という盾
勇気という剣
そのようなもので

今まで知ることもなかった
新しい世界を
切り開きたいのです

カゴの中から

そりゃそうさ
カゴの中から　飛び立った鳥ならば
飛んだ先で
危険な目にも遭《あ》うだろう
そんなの
わかっていたこと　嘆《なげ》くまでもない

そりゃそうさ
カゴの中から　飛び立った鳥ならば
自由すぎる程　飛ぶだろう
中傷《ちゅうしょう》されても　引き返しはしない
寂しくても
そんなの

わかっていたこと　嘆くまでもない

そりゃそうさ
カゴの中　狭《せま》かったけれど
飛び立ったら　怖いくらいの広さ
光を目指し
もがきながら　見つけた景色が
これからを励ますだろう

そりゃそうさ
カゴの中から　飛び立った鳥ならば
居場所なんて無いはずさ
自分で創ってゆくんだろう
仲間ができたなら
カゴから飛び立ってきた者同士
寄り添い合おう

柵《さく》のない世界を　生きてゆくんだ
宇宙へと繋がる　大空が見える
もう　誰も
カゴの中　閉じ込めたりはしない
誰もが
自由に飛ぶ　色も形も違う羽

そりゃそうさ
カゴの中から　飛び立った鳥ならば
全く違う羽だって
一緒に居られるはずだろう
世界は　放たれてゆく

そりゃそうさ
カゴの中から　飛び立ってから
傷ついても　生きてきた分の

光を見つけてゆくだろう
力強く
自由の空を　飛ぶのだから

容易《たやす》い存在

人間なんて　容易いものさ

昨日　責めた人が　いたとして
今日　そんな人間に
自分が　なっていたりする

気づいていなかったり
気づかないふりをしていたり
気づけても
あんなじゃないと　言い聞かせ
ごまかしたりしている

何かで　誰かで

虚《むな》しさを埋めようとしたり
人間なんて
弱くて　容易い存在
こんなにも　容易く揺らぐ

だからこそ　願ってしまう
容易く　人を信じたい

たとえ
傷つかないように　一人になったとしても
今度は
自分で自分を　責めてしまうのだから

人間なんて
こんなにも　容易い存在
正反対のこと　次の瞬間に　やっていたりする

責めること　許すこと
傷つけること　優しさで包むこと
拒絶すること　寄り添い合うこと

不満　感謝
束縛《そくばく》　自由

容易く　一瞬で変わる　心の傾斜《けいしゃ》

自分で選んで
どのようにでも生きてゆける

人間なんて　容易いものさ

そんなにも　自由な存在

神様との約束

君の心の中　宇宙に繋がる
君の居る場所
星は見えているかな？
月夜の輝きに　包まれているかな？
雨が　降っているの？

それとも
空を見上げようとする心
忘れてしまった？
下ばかり見て
宇宙の存在　気づいてないとか？

幼い頃　きっと　感じていた宇宙

君の心の中　君が創る　宇宙の話をしよう

君のやりたいこと　何？
宇宙の中　たくさんの夢
鏤《ちりば》められている

夜空の向こう側　想いを馳せて
君の元　降り注ぐ夢
無謀《むぼう》な夢のように　感じる？

きっと　君ならできる
君が　生まれてくる時
神様が　君に預けた夢
君が　君らしく　輝けるように
創られている

君の心　広がっている　宇宙
願って　想像して
夢の大きさ　恐怖　感じても
降り注ぐ　夢のカケラ
受け取って

だって
君が　君らしく　生きるために
創られた　夢のカケラ
君の目の前　やって来るもの

全て　信じて

素直な君が　受け取った　夢

生きてほしい

この手で

弱虫　汚れた　手
そんな手　持つ　私でも
誰かに　何か　返したい
この手に　何ができる？
自分　傷つける　この手
他人　傷つける　この手

こんなにも　汚れていた
そうしなきゃ　気づけなかった　繋がり

愛を受けとる方法　知らない
わからないまま
探して　確かめて　汚れた

この手　なんて　要《い》らない
消してしまいたい
それでも
この手に　何か　できる？

寂しい子の手
握ろうか
苦しくて　泣いている子の背中
撫でようか
震えて　しゃがみ込んだ子の両手
体温を　分けようか

汚れてしまった　この手にも
伝わる　温もり　残っている
悲しみ　怒り　握りしめたまま　汚れたまま
この手　開こう

希望を　すくいあげる
この手　誰かへ　伸ばしたい

要らない　消したいはず　この手　でも
誰かの手　掴《つか》む　繋ぐ　撫でる
伝わる温もり　残っている

切り抜けてきた　過去
その全部で　創られた　温度
その温度を　分け合いたい

一緒に　包まれよう　温もりの中
いつか　その温もり　強さに　変える
だから

汚れてしまった　この手でも
前へ　誰かへ　伸ばす

苦しい時も
生きてきてくれて　ありがとう

この手で　君の手　掴み　繋いだ
その時　消えそうな私も　一緒に　救われたんだ
ありがとう

この汚れた手にも　できること　あった
弱虫　汚れた手　だからこそ　できることを　探す

どうか　差し出す　この手が
誰かに　寄り添い　優しい　温もり
分け合う　手で　ありますように

今日も　これからも
この　汚れた手を　合わせよう
祈るように　前へ　誰かへ

どうか　届きますように

祈り

右手と左手　合わせることが祈りなら
あなたと私
出逢ったことも　祈りだろう

あなたが生きてきた人生
私が生きてきた人生
交差した時　手を繋ぎ合ったのなら
合わせた　両手
紡《つむ》ぎ出す時間は　全て　祈りだろう
そこから始まった祈りは
暗闇の中　明るい太陽の中
奥底にある魂《たましい》に　気づかせてくれる

世の中では
潰《つぶ》されそうなこの魂を
静かに強く支えてくれる

右手と左手
静かに合わせ　今日も祈ってみる
あなたと私
出逢った時から　祈りを紡いできた
その静かな祈りの中に　包まれてゆく

その溢れ出す祈りに
誰が何か云《い》えましょう
誰も立ち入ることができない　魂に続いている

怖い時　悲しい時　寂しい時
祈ります

右手と左手　合わせたその祈り
ここに居ないあなたへも　繋がってゆく

紡ぎ出される時間
その流れに
誰が何か云えましょう

誰も立ち入ることのできない　聖域
あなたと私
あの時　手を繋ぎ合えたから
始まった祈り

今日も　右手と左手　合わせ祈ります

これからを　紡ぐ　そんな　祈りの中
包まれながら　これからも　生きてゆけますように

ガラスの粒

こわれて砕《くだ》け散ったものは
美しいガラスの粒でした

ガラスの粒は心です

美しく砕け散ったのですが
触《さわ》ると　鋭い痛みとともに
あなたの手を傷つけるでしょう

それでも
そのガラスの粒に
近づき　触れようとするのは
何故《なぜ》？

それは
砕け散ったガラスの粒が　心だったことを
あなたも知っているからでしょう

だから
ガラスの粒が　傷つけると分かっていても
あなたは　その一つ一つに近づき　そっと触れ
時には
血が流れる程の痛みを伴《ともな》いながら
強く強く　握りしめるのでしょう

そのガラスの粒　一つ一つが
心だった　ということを
思い出せるまで
ずっと　握りしめてくれるのでしょう

ありがとう

握りしめてくれた　ガラスの粒は
私の心でした

あなたの　その勇気に触れて
一つ一つが　心だったということに
気づくことができました

ありがとう

これから　ガラスの粒になった心
少しずつ拾い　透明の瓶《びん》に　集めましょう
長いこと　眺めていましょう

そしたら
その一つ一つが　心のどの部分だったのか
きっと　思い出せるでしょう

砕けた粒が　元通り戻ることはなくても
心は　きっと　無くした部分　埋めようと
愛を　学んでゆくのでしょう

だから
ガラスの粒を握る　鋭い痛みを越《こ》えて
人は　近づき　触れようとするのでしょう

お互いが　知っている限りの
愛を　分け合いながら

誇り

全ての矛盾《むじゅん》と一緒に
君を抱きしめてみた
きっと　これでいいんだ
君が伝える体温　感じてみる
その体温が混ざり合い
私達の温度になった

世の中で矛盾を抱えている現象
それは
モラルと言われるものから　はみ出した者達
はみ出した私　はみ出した君
そんな矛盾を抱えて　生きてきた
でも

そんな感じが　いい
モラルにはまり切れなかったことを
誇りにしよう
そうやって　ここまで来たんだ
そして
今ここで　心から笑えている

それが　全てだ

全ての矛盾　大切に抱きしめ直し
一緒にゆこう
はみ出した　私達の温度の中をゆこう
はみ出した分の心を　宝物にして
一緒に　ゆこう

温もりのある温度　感じながら

この感情の名前を

この泣きたくなるような感情を
何と呼ぶのでしょうか

ここに居ない誰かを　想う時
滲《にじ》んでくる

この感情の名前を　私は知らない

どんなに考えても　確かめても
一人では
知ることができなかった

その感情を長いこと　見ないようにした

上手に甘えることができなかった
私を伝えようとして　理解されないのが怖かったから
私を伝えたとして　捨てられるのが怖かったから

それでも

あなたの言葉が　心に触れた時
あなたがそっと　手を包んだ時

その感情は　溢れ出した
止めようとしても
止めることのできない　涙

魔《ま》法《ほう》のような　不思議
その涙は　私が知らなかった感情

優しくて　あたたかいもの

私の中　泣きたくなるような感情
優しさに　ほどかれ　名前をもらった

喜びという名前　流せた涙は　幸せ

あなたの言葉　包んだぬくもり

触れなければ　きっと　私は
幸せを
見ようとしない人に　なっていたでしょう

教えてくれて　ありがとう
涙が出そうな程　切ない
この感情の名前を

希望

希望という言葉が
もう　響かない
それでも　まだ
前を向きたくなるのは　何故？
失望しながら
明日を探すのは　何故？

それは
私の中　打ち続ける　鼓動《こどう》を感じるから
どんな時も
波打ってきた　鼓動
生きよ　生きよと
云っている

心に　喜びを与え
ある時は
涙で　癒し
止まらないで　続いた

鼓動なんて　要らないと
口にした時でさえ
何事も無かったかのように
体温を　与えた

ごめんなさい

希望を　嘲笑《あざわら》っていた私にも
それは
等しく　与えられていたのに
希望　そのもの　だったのに

ごめんなさい
温かな　鼓動に　触れてみる
温かな　私に　触れた

ありがとう
その温もりで　生きてゆける
鼓動　は　希望
ありがとう
そんな言葉にも　体温を与えてくれる

花

花は知らない
どんな姿で咲いているのか
花は知らない
何色をしているのか
花は知らない
どれ程の花びらを持っているのか
花は知らない
付けられた名前も
それでも　花は

芽が出てから　生が終わるまで
凛として咲く
ただ　咲く

花を見た人が
褒めようとも　けなそうとも
ただ咲く
命を　讃《たた》えるように

時に
嵐のような風に吹かれ　倒れても
また　咲こうとする

大空を明るく照らす　太陽の光の方へ
顔を上げて
咲こうとする

そんな日の夜は
星空
優しい風
慰《なぐさ》めるように

倒れても咲こうとする花
撫でながら
吹き抜けてゆく

花は一人で咲いていても
一人ぼっちではないことを　知る

幸せとは　きっと　そういうもの
倒れた時の傷なんて
もう　幸せの中　癒されている
花は　傷跡　誇らしげに

再び　光の方へと　立ち上がる

芽吹いてから
どれだけ　歳を重ねたのかも知らず
いつ　命が終わってゆくのかも知らず
そんな日が　今日であったとしても

今ここを　全ての世界にして　咲く

どんな姿になっているのかも
知らないまま　想像しないまま
ただ　花としての　命を　誇りにして　咲く

きっと
花は感じているのでしょう
咲いた場所から　見えていた世界を

優しさや温もりに
満ちていた世界を

それは　命
芽吹いたその場所に
咲かせ　創られた世界
誰かにあげた
優しさや温もりで　包まれた世界

やがて花は　そんな世界に　守られながら
大地へと帰る
私達の心に　凛とした姿　残して

いつまでも　いつまでも
愛や勇気を語ってくれるのでしょう

華やかな果実

春夏秋冬
同じ年に蒔《ま》かれた種
だけど
みんなと同じように
育ちたくなかった種もある

世間は　いろんなことを言うかも知れないね
繊細《せんさい》過ぎた？
環境のせい？
育て方　悪かった？

そうだったとしても

それが　何だというのさ
育つ枠なんて　自分で決めていい

この世界では
何事もなく
育ったふりして
立派なふりして

無理して実をつけた果実が
ひけらかされたりしている
苦しい偽《いつわ》りの世界

でも
分かっている人は　分かっていると思うよ

見えにくいけれど
ゆっくりだけれど
君が実らせている
華やかな果実のことを
味わい深い
その果実のことを

優しい志

泣き虫の君
きっと　君は優しい子

泣けるってことは
人の気持ちを　考えられるってこと
忘れないで
涙を知ることで
未来の泣き虫を
助けてあげられるってこと

泣き虫の君
きっと　君は賢い子

泣いてばかりの日々で
勇気を見つけているんだね
次に
ジャンプするために
必要な分の勇気を

優しさって　何だと思う？

泣き虫の君は
強さと正反対のものと
思っているかも知れないね
でも
優しさが　無ければ
本物の強さ　なんて
身に付けられないと思うんだ

本物の強さって　難しいね
難しいけれど
きっと
今　流している　君の涙の奥から
溢れてくるものだと思うよ

そんな熱い想いを
丁寧《ていねい》に　重ねあげて
そっと　積み上げながら
紡いでゆく

だから

君が優しさを知る度に
本物の強さにも　出会えると思うんだ

その時は分かりにくくても
君の　その胸を　熱くする

それは　きっと　本物

そんな本物を　身に付けて欲しい

優しさに　裏付けられた
本物の強さを　身に付けて欲しい

泣き虫の君
君は　優しくて強い子

心細い君へ

君が　音さえ無い　暗闇にいて
一人　心細い時
どうすれば
君に　寄り添える？

ありふれた言葉に
君は　怒りながら　泣いた
全てを　はね除《の》けるように

それでも　諦めない
君の中心
ちゃんと届く方法を　見つける

いいじゃない
周りに　同じこと　している人
誰一人　居なくても

君の笑顔　大切に　守って
君が選んできたもの　大切に　育てて
そしたら
君の周り　いつの間にか
君と同じ　類の笑顔　集まっているから

だから
今
君が　一人　孤独でも
その笑顔　捨てないで欲しい
君が選んだもの　大切に抱えて
微笑む姿　守って欲しい

そしたら
未来
君の選んできた大切　詰め込んだ
笑顔　集まり
引き合うように　出逢える
そしたら
未来
大切に　選んできたもの　守ってきたもの
重なり合う

そんな類の笑顔の　向こう側は

きっと

暖かな　君達の　居場所

君の片割れ

君と　離れた後の　残り香は
いつも　切ない
たくさんの　涙の香り

何が　あったの？
何が　怖かったの？
一人　震えていたの？

本当の心
寂しかったんでしょう
それを　誰にも　見せず
君は
強く　笑ってきたんだね

本当は
泣きたかった分の　涙が
今
君の笑顔の　裏側に　見えている

だから
こんなに　頼りない私でも
いいなら

寄りかかって欲しい

あの時
流せなかった　涙
流して欲しい　全部

君の涙　乾いた頃に
私は
そっと　帰るから
ゆっくり　休んでいて
朝の光　起こしにくるまで
眠っていて

私は
君の残り香と　一緒に　帰る
君の片割れに
なったような気持ちで

そして
次　逢う時
また　二人　笑顔

生きる

あなたと出逢わなければ
私は
悲しんだり　寂しがったりすることも
無かったでしょう
恐れや不安に苦しんだりすることも
無かったでしょう

でも　それと同時に

あなたと出逢わなければ
こんなにも深い
喜びや感動や感謝を
知ることも　無かったでしょう

あなたと出逢わなければ
私は　ずっと
独りよがりだけど　それなりに幸せな
人生を　生きていたでしょう

でも　それと同時に

あなたと出逢わなければ
こんなにも　いろいろな形の
繋がりを持つ人生を
知ることも無かったでしょう

心から笑い合うことも無かったのでしょう
心から慰め合うことも無かったのでしょう

あなたと出逢わなければ

私は　ずっと

自分の価値にも
気づかないまま　居たのでしょう
だから
ただそこに居て　生きている　という
命の価値にも

気づかないまま

偉そうなことを言っていたかも知れない
悲しいけれど
そうだったかも知れない
だけど
あなたに出逢えたから
苦しみや悲しみ

寂しさや恐れ
そんな　いびつな形をした感情でさえ
愛に変え　生きる　魂に
気づけたのでしょう

いびつな形の向こう側
愛のある世界　気づけたのでしょう
あなたと出逢わなければ
触れることも無かった世界

そんな世界を　生きてゆく
交《まじ》り合う命を　深く　味わいながら

路地裏

一人　迷い込んだ　路地裏で
とても綺麗な　景色を見た

春
ここには　居てもいいんだと思えた
笑顔を　思い出せた
笑い合えた
眩し過ぎるくらい　綺麗

夏
いつも見てきたはずの夏より
空　深く　すいこまれていた
汗さえ　愛おしいもの

キラキラした氷　綺麗　ずっと見ていた
あれは
心を　見せない　君の　涙の結晶

秋
何度も　見上げた月
いつも　違う形で　こちらを見ていた
その姿
暗闇の中　綺麗な光
怖気《おじけ》づく　背中
押してくれた

冬
何か　気づかせたいの？
冷たい空気　冷たい色の海
綺麗過ぎる　透明なもの　心を洗ってゆく

ちゃんと　ちゃんと　生きるよう
あなたが選ぶ人生　生きるようにと

これから　何度　季節が巡っても

路地裏　迷ったふりをしていよう
ここで　遊ぶように　生きて居よう

それならば

生きる世界は　全て
綺麗に　映し出されてゆく

海

ねぇ
海へ行きたい

打ち寄せて　弾《はじ》けて
消えてゆく　波を見たい
そして
この心　海へと　投げるんだ

そしたら
波が　その心　受け止めて
遠く遠くに　持ってってくれる
大きな大きな　海のどっかに
持ってってくれる

しばらく
海を眺めるよ
キラキラ　遠く光る水面　眺めるよ

その光は
太陽　空の高さ　海の深さ
この世にあるもの
存在する　時間

全てを含《ふく》んで
輝きを見せている

そしてまた
波が　やってくるんだ
その波が　私に触れたなら

全てを含んだ
新しい心　やってくる

ありがとう

この心　もらっていくね

元気になったよ

きっと　海は
全てを　知っている

私達は　大きな海の　波の一部

海が
心を　新しくしてくれたように

私達も　きっと
お互いに
心を　新しくすることもできるね

ねえ
また　一緒に
海へ行けたらいいね

今度は
貝殻《かいがら》を　拾って帰ろう

新しい心　忘れないように
また　思い出せるように
心に　光る水面を　持てるように

波

波に乗る
溺《おぼ》れてしまわぬように　バランスの中
感情のリズム　合わせるように　波に乗る

溺れたままの過去　許容《きょよう》して
波へ向かう
波の底で見たものは　何？
様々な感情の渦《うず》
混沌《こんとん》としたすれ違い
意識を持たない景色
感覚の無い世界
諦めの浮遊《ふゆう》

そんな底の世界から顔を出し
呼吸をしよう
そして
次に　大きな波が来たら　乗る
何度　底へ落ちたとしても
怖くなんてない
波の底の世界のことは
もう　分かっている
そこにあった
終わった感情の渦には
捲《ま》かれぬように　溺れぬように
今度は　意識を持って
波に乗る

狙《ねら》いを定めた　大きな波に
身を任せて　全てを　委ねて

どんな私からでも　その波に　乗る
抵抗《ていこう》さえ　手放して
波のリズムと一緒に　遊ぼう
楽しんでいい
波の底　恐怖を越えて
また　波に乗りたいと思うのは　何故？

覚えているんだ　心の何処か
波の上に　広がる世界

許したこと　許されたこと
笑い合える　心強さとか
無抵抗　身を委ね
その先の　幸せとか　愛とか

そんなものと
リズムを合わせ　波に乗る
見渡す景色は
どこまでも　広がってゆく世界

それは　きっと
望む世界　導かれるための波

その波に　乗ってゆこう
その波を　楽しんでゆこう

この命を　揺らしながら

ブランド

世界は　似ているもので　溢れている
だから　間違う
自分を押し殺す

愛に似ているもの
プライドに似ているもの
真実に似ているもの
そんなもの　まやかし
まやかしがまやかしを創りあげている

愛に似ている　束縛
プライドに似ている　地位
真実に似ている　権力

全て
壊してしまえ
壊されてゆけ

私の中心を　吐き出して
醜《みにく》い全てを　吐き出して
残った本音を　救いたい

空想の中
本音の部分の　現実を
選び抜く
救い上げる

私という　ブランド

面白くないこの世界
創り出している　似ているもの
全て　壊してしまえ
全て　捨ててしまえ

そして
この命は
本音で　楽しませてあげる
本気で　楽しませてあげる

唯一無二の
何ものにも　似ていないもので
溢れさせてあげる
満たしてあげる

最後の魔法

きっと　君のこの体温　いつか　無くなる
きっと　私のこの体温　汗も　涙も
いつか　無くなる

どうしようもない　当たり前

それならば
消えてゆく　その時
幸せと温もり　あってほしい
だから
一秒　一秒
優しさを　分け合っていたい

触れられる　温もり
触れられない　温もり
情熱　生きている温度
いつか　消えて　無くなってしまう

先とか
後とか
どうでもいい
ただ
最後　消えてゆく　その時

恐怖ではなく
冷たさではなく
温もりで　守られた　光の中
居られるように
願っている　祈っている

そんな
最後の魔法をかけ合おう

そのために
魔法の道具を集めるよ

君の　聞き慣れた声
見つめ合った　笑顔
ただ　寄り添った　沈黙
混ざり合った　情熱
何も言わず　伝わった　言葉
助けられた　励まし
心の冷たさ　包んだ　君の温もり

見つけて
気づいて

集めておくんだ
君と私の　この体温
消えて　無くなるとしても

私達
そんな
魔法の道具で　守られた　光の中に居て

ずっと　解けない
最後の魔法を　かけ合いながら
分け合えた　温もりの中で

最後の　バイバイをしよう

蓮《はす》の花

淡《あわ》い色をまとい
清らかに力強く花を咲かせている
蓮の花よ

あなたが根をおろす場所は　泥水の池
それでも　あなたは　まっすぐに茎《くき》を伸ばし
その先に
こんなにも優しく温もりのある花を　咲かせている

泥水の中でも　決して泥に汚れる事は無い
あなたのその強く美しき心よ
その心を
花にたずさえて

あなたは祈っているのでしょう

私達が
泥水の中に居たとしても
決して心まで汚さぬように
まっすぐにこの命を伸ばせるように

あなたは朝を告げるように　花びらを開き
太陽が高らかに昇《のぼ》る頃には　花びらを閉じている

花びらという目を閉じ　祈りながら
この世界を感じているのですか？
騒々《そうぞう》しいこの世界へ
祈りを届けているのですか？

それならば

あなたが目を閉じている間
私達はこの世界にある　希望の方を
探してみたい

そうできるように
あなたは
次の朝が来るまで　閉じられた花びらの中
祈りを捧げてくれるのでしょう

次の日の朝に
祈りと希望を持ち合わせ
また
あなたと逢えたなら
私も　泥水の中から

力強い花を咲かせることもできるでしょう

あなたのように　私も
暗い泥水の中
まっすぐに命を伸ばし
その先に
淡く優しく温もりのある花を　咲かせたい

祈るように生きたあなたは
最期の時
太陽が高らかに昇る光の中
花の命を満開にして　散ってゆく

淡く優しい色に
最期の光を溶け合わせ
美しく力強く去ってゆく

あなたの命は　泥水の中から生まれた
力強い神聖な心
どれだけの人を励まし　希望を与えたことか
淡い色をまとう美しい蓮の花よ

その祈りを受け取り
私も　泥水の中
清らかに　強《したた》かに　美しく
命を咲かせ

いずれ　あなたの元へ

瑠璃《るり》の光

深い青は　空
ちりばめられた金色は　夜空に輝く星
放たれた
瑠璃色の光

その光に憧れていた
空を眺めていた
空の先にある　深い宇宙　青い闇

その青に浮かぶ星々は　光を放ち
お互いの存在を伝えている
星座にまつわる物語
そんなものに

憧れ　探していた

深い青は　海
ちりばめられた金色は　引いては満ちる海の波
音をたてながら
放たれた
瑠璃色の光

その光に憧れていた
海を眺めていた
光輝く海が持つ　奥深く青い　その中心
その青に隠されている　本音に
気づかせるように
海は　波を揺らしている

そんな揺らぎに
憧れ　探していた

私達は空から来たのでしょうか
海から命をもらったのでしょうか

どちらにも　放たれている
懐かしい　瑠璃の光

神様が　空や海　以外にも
その光を
どこかに隠しているような気がして
探している

漆黒《しっこく》の闇　迷い込んだ時
怖くて　光を探した

明るくて　眩《まばゆ》い　光を見つけた
でも
日が差すように現れた　その光は
夜が訪れると　消えていった

そしてまた　音も無い　漆黒の闇
寂しさの中　光なんてない　絶望
それでも　心は光を探す　渇望《かつぼう》

愛の光は
明るくて眩いものだと思っていた
華やかで　輝くような世界
そんな
愛の光もあるのだろう

私達を　眩く照らし　消えてゆく　光

憧れたのは　探しているのは
静寂《せいじゃく》の中　眺めていた
懐かしい　瑠璃色の光

そして　今日も　また
明るく眩い光に　せかされて　目を覚ます

探していたのは　この光？

違う

探しているのは
夜が訪れたとしても
消えたりしない　瑠璃の光

ずっと目を閉じていた
渇望の中　愛の光を探していた
目を閉じた先の　漆黒の心

今までの出来事
出逢わされた　不思議
一瞬　光が見えたような気がした

隠していた　絶望
隠していた　渇望
心の中　空へ　投げてみる
心の中　海へ　投げてみる

返ってきたのは　静寂の中　放たれた光

もう隠しきれない　瑠璃の光
深く　どこまでも深く　光り輝く

神様は　やはり
もう一つ　隠していたんだ
その光は
私達の心から　放たれていた

放った分の深さで　返ってくる
出逢わされた愛が　放つ光は
漆黒の闇で　歩んでゆく
心の一歩先を照らす程の
瑠璃色の輝き

明るく眩い世界ではないけれど

いつまでも
消えない
消せない
瑠璃の光

その光に　憧れ　探していた

心の中　気づきにくい
気づかないふりをしている
持っていないと　シラを切っても
心を押してくる　その光

静寂の中　漆黒の心
探すように　探すために

神様は　私達のすぐ側に
空や海　そして人を　置かれたのでしょう
語らずとも　心を　感じられるように
放たれた　瑠璃の光